La cinturita de Anansi

Cuento tradicional africano narrado por Len Cabral

Ilustrado por David Díaz

Traducido por Alma Flor Ada

■ GoodYearBooks

Un día, la araña Anansi sintió el olor
de los boniatos que estaban cocinando.
—¡Humm! ¡Me encantan los boniatos!
—dijo Anansi.

—Ven —le dijo la gente. —Vamos a comer dentro de poco.

Anansi no quería esperar.
—Átenme un cordel alrededor de
la cintura —les dijo.

—Cuando los boniatos estén listos, tiren del cordel, y regresaré.

Anansi siguió su camino. Sintió el olor de arroz y frijoles que estaban cocinando.

—¡Humm! ¡Me encanta el arroz con frijoles! —dijo.

—Ven —le gritó la gente.
—Vamos a comer dentro de poco.

Anansi no quería esperar.
—Átenme un cordel alrededor
de la cintura —les dijo.

—Cuando el arroz y los frijoles estén listos, tiren del cordel, y regresaré.

Sintió un tirón. "¡Qué rico! ¡Boniatos!",
dijo. Otro tirón. "¡Qué rico! ¡Arroz y
frijoles!", dijo.

Sintió otro tirón y luego otro.

Y ¡se reventaron!

Y ahora sabes por qué las arañas tienen ocho patas y una cintura pequeña.